QUESTO GIALLO È MALEDETTO

QUESTO LIBRO APPARTIENE A

Raccolta di racconti scritti da Giovanni Correddu fra il 1995 e il 2003
Seconda edizione
Omnia conta
Stampato da:
Lulu
www.lulu.com/corgiov

INDICE

IL GIALLO SCOMPARSO

La notte dell'Oscar

BOY STUART era ancora agli inizi, quando quella sera si presentò a Hollywood per far vedere il suo film. Inizialmente, non pensava che la sua pellicola avrebbe partecipato all'importante notte dell'Oscar, o almeno faceva credere ciò agli amici, ai colleghi e ai giornalisti. Arrivò il momento di presentare il suo giallo "Un investigatore rapito" e salì sul palco per pronunciare un discorso introduttivo. Nel momento in cui gli regolarono il microfono per pronunciare il discorso di presentazione, la luce andò via e il posto divenne buio. Non si vedeva più niente, nemmeno provando ad accendere la luce. Finalmente, risolto il guasto, tornò l'energia elettrica, però Boy Stuart non c'era più. Quella sera scomparve l'autore di un'opera cinematografica che non fu trasmessa, perché sparì anch'essa.

Si chiese gentilmente al pubblico di non uscire finché la polizia avesse terminato i dovuti controlli. Poi, s'invitarono i responsabili dello stabile di non lasciar lavare il locale, poiché il giorno dopo la polizia avrebbe portato dei cani, affinché, fiutando l'odore del regista, essi potessero scoprire in quale luogo B. Stuart fosse finito. Purtroppo, questo non servì a nulla.

Mari e Laurel Stuart, rispettivamente moglie e figlia di Boy, chiamarono Paulo Foniatre, un investigatore privato. La signora Stuart non aveva la forza di parlare. Allora Laurel spiegò la faccenda a Paulo da sola. Questo rispose che si sarebbe sforzato di risolvere il caso, però, aveva bisogno dell'aiuto delle donne. Sfortunatamente, la salute non permetteva alla signora Stuart di fornire l'appoggio richiesto, tuttavia, invitò sua figlia ad assisterlo nelle indagini. Lei accettò. D'altronde, erano quasi coetanei....

Uscirono a passeggiare. Paulo chiese di che cosa trattava il lungometraggio, bensì Laurel rispose: "Io ne conosco solo il titolo, in altre parole *Un investigatore rapito* ".

"Cominciamo bene. Spero di non essere io il protagonista. Laurel, in che senso conosci 'solo il titolo'?".

"Mio padre di certo sapeva che stava realizzando un ottimo lavoro, ciononostante, non ce ne voleva mai parlare".

"Qualche volta, però, sarai stata agli studî cinematografici, no?".

"No! Al contrario, non ho notizia nemmeno di dove si trovassero".

"Scusa un momento, se tu o tua madre doveva cercare il vostro capo della famiglia, come facevate?".

"Telefonavamo al cellulare. Il mio babbo avrebbe girato il film all'estero, e da solo".

"Per quanto tempo è stato lontano?"

"Immagino quello di realizzare e terminare le riprese".

"In pratica?"

"Circa dieci mesi".

"Hai saputo se egli avesse fatto la conoscenza di qualche persona sospetta?".

"No. Non so niente di quel che lui faceva durante la giornata. È sempre stato misterioso su ciò".

"Tu sospetti qualcosa?"

"Sì. Forse, ha trovato un'amante. … Paulo eh, che cosa c'è? Non mi dai più retta!".

"Mi è caduto l'occhio laggiù. C'è qualcosa di strano".

"Non vedo niente".

"Io, invece, sì. Spostiamoci, perché siamo sotto tiro".

Iniziano le indagini

"Hai sbagliato mira, scimunito. Ancóra un poco e colpivi la ragazza. Ci riproveremo la prossima volta. Su, noi dobbiamo metterci al sicuro".

"Ti hanno colpito?"

"No, e te?"

"Manco, tuttavia, abbiamo veramente rischiato. È meglio che d'ora in poi stiamo più attenti".

"Ti riaccompagno a casa".

"Ho paura di stare in casa, solo io e mia madre. Può essere pericoloso. Potrebbero ritornare. Ci vorrebbe un posto più sicuro".

"Vuoi che vi porti a casa mia?"

"Sì, se puoi".

"Non ti preoccupare".

"Ecco qui l'indirizzo di quel Foniatre. Andate, ammazzatelo, altrimenti egli rovinerà tutti i nostri piani".

Paulo si recò al luogo della scomparsa per trovare qualche indizio. Trovò un foglio sotto il leggio. Provò a leggerlo, ma pareva quasi impossibile scorrerlo con gli occhî, giacché qualcuno l'aveva strappato. Ciò nondimeno, chi?

"Chi è? Non può entrare nessuno qui".

"Lo so. La polizia giudiziaria mi ha dato l'autorizzazione. ... Eccola. Sono un investigatore privato. Mi sto occupando del caso in nome della signora Stuart".

"Ora che cosa ha? Per quale motivo guarda così?".

"Consiglio che si abbassi, imitandomi".

"Per quale scopo? Non siamo in una sala giochi".

"Io lo so, ma lui no; infatti, pensa d'essere in una sala dell'orrore".

"Lui, chi?"

"Lui, che ci tiene sotto tiro".

"Aiuto! Qualcuno chiami la polizia! C'è un assassino. Ci vuole ammazzare!".

"Non ti voglio far morire, a condizione che tu mi consegni chi è con te, disarmato!".

"Sei armato?"

"No".

"Allora, va su da quell'uomo, per favore. Ne va della mia vita".

Paulo cominciò a salire la scalinata, per arrivare da quell'uomo. Egli, veramente, aveva una pistola, ma non voleva rischiare. Ciò nonostante, non poteva tirarla fuori. Non avrebbe fatto in tempo. Quell'uomo sparò e Paulo cadde.

Il responsabile del cinema fece chiamare un'ambulanza. A casa di Paulo c'erano le signore Stuart, sole. Al telegiornale, sentirono una giornalista enunciare della morte di Paulo Foniatre. Pochi secondi dopo udirono la porta d'entrata aprirsi. I loro cuori stavano per scoppiare, dopo di che udirono una voce a loro familiare esprimere: "Signore Stuart, eccomi di ritorno. Perdonatemi, ma io devo chiedervi una settimana di riposo. Per il mondo sono morto".

"Paulo, tu sei vivo!", dissero in coro.

"Sì. Mi hanno sparato al cuore, ma io indosso sempre un giubbotto antiproiettile. Ne ho richiesto uno anche per te, Laurel. Poi ti spiegherò. Intanto, aiutami a capire che cosa c'è scritto qui, forse è la chiave per scoprire che cos'è successa".

"Aveva il foglio? Sì, ma non ho potuto prenderglielo, c'erano troppi testimoni. Non potevo eliminarli tutti".

"Va bene. Speriamo che non lo trovi nessun altro. Va all'ospedale e chiedi se puoi controllare la sua salma".

"In che modo?".

"Trova una scusa. … Ricorda di utilizzare buone maniere".

"Dove avete messo la salma di Foniatre?".

"È venuta la sua famiglia. L'hanno portata in New Mexico".

"Grazie. Arrivederci".

Il foglio rivelatore

Cercando d'interpretare il foglio, capirono che il posto in cui era andato Boy Stuart era, forse, il Venezuela o il Veneto oppure Venezia altrimenti un'altra località che avesse un nome simile. Sembrerebbe che il posto fosse latino o romano. Venezia si trova nella Regione Italica, su cui esercitavano il potere i Romani; ma il Venezuela è un paese dell'America Latina, regione in cui si è molto diffusa la religione Cattolica Romana.

L'America del Sud era più vicina a loro; allora decisero d'iniziare con il Venezuela. Partirono insieme. A Caracas chiesero a qualche funzionario di Stato di essere aiutati, ma chiunque rispose che negli ultimi tempi nessuno si era presentato per girare opere cinematografiche. Optarono, quindi, per il Veneto. Il capoluogo di tal Regione è proprio Venezia. Visitarono vari posti, finché in Piazza San Marco Laurel vide nella vetrina di un negozio di quadri un capolavoro a lei molto familiare:

Questa è la stessa scena dipinta su tela che ha visto appena entrata nel famoso locale di Hollywood. Entrò nel negozio, per vederci più chiaro. Effettivamente, suo padre era passato di qui. Sul posto ci sono parecchi complessi che suonano musica da ballo. B. Stuart chiese di farsi ritrarre in questo quadro. Ora pure sua figlia si fece rappresentare in un quadro, mentre ballava con Paulo.

Tornarono in albergo. Laurel andò nella stanza di Paulo per discutere sulla scoperta. Un'altra parola del foglietto finalmente era chiara. Boy Stuart aveva un'amante.

"Hai sentito?".

"Tu, hai visto?".

Nella stanza di Laurel era successo qualcosa, e una pistola era puntata su loro due. Partirono due colpi. I due ragazzi caddero a terra. Il letto di Paulo era rosso, come il sangue.

"Questa volta ci siamo riusciti. Sono morti. Prendiamo il foglio e filiamo via".

Dopo qualche minuto, sia Laurel sia Paulo si rialzò; e ripresero a conversare.

"Paulo, sei un genio. Vestito antiproiettile, vetro infrangibile, vernice rossa: ecco che cosa ci ha salvato. Ora, però, non abbiamo più il documento".

"Lo so, ma conosciamo già abbastanza cose che ci aiuteranno a risolvere il caso. Non essere così pessimista. Abbi fiducia; non t'importa più niente del tuo papà?".

"Sì, tuttavia, ha un'amante".

"È vero, abbiamo le prove. D'altronde la tua stanza è di lei, Louise Poligrafe, mentre la mia è di tuo padre. Ora dobbiamo trovare lei. Forse c'entra con il rapimento".

Il proprietario dell'albergo precisò che durante il soggiorno di dieci mesi dei due amanti, qualche volta lui si assentava per andare a Verona. Una volta gli è arrivato un regalo da quella città da parte di una certa Veronica Manin. A ciò, ipotizzarono che forse la gelosia avesse provocato il sequestro, perciò subito dopo Boy si lasciò con Louise.

Ora decisero di ritornare a casa, a Hollywood.

A Hollywood per risolvere il caso

"Mamma, ti portiamo solo cattive notizie. Pa' ha una donna che si chiama Louise Poligrafe e un'altra che ha nome Veronica Manin. … Di nuovo, hanno tentato d'assassinarci entrambi".

"Laurel, dov'è Paulo?".

"È andato a comunicare alla polizia le nostre scoperte e a chiedere di continuare a proteggerci".

"Laurel, sai, gli agenti di polizia che mi hanno assistito in questi giorni, sono stati assai cordiali. Dopo una settimana, però, li hanno cambiati. … Erano molto simpatici".

Paulo riconosce i due poliziotti "molto simpatici" intanto che è lì. Loro, tuttavia, gli sparano, ferendolo molto gravemente. L'ambulanza arriva tardi. Paulo muore. Laurel sviene. Poi rinviene, ma cade ancora.

Il capo della polizia interroga i due poliziotti, e si scopre che quella del lungometraggio a Hollywood era semplicemente una messinscena preparata da Boy Stuart, per coprire le sue relazioni extraconiugali. Paulo Foniatre è dovuto morire per risolvere il caso. Laurel stava per morire per tutto questo. Quelle pellicole rubate non contenevano niente allora, ma ora sono il racconto che avete appena letto, il cui regista sono io. A proposito, forse vorreste vedere quelle pellicole: ebbene, le avete davanti agli occhi. Ne avete di simili anche nella vostra biblioteca di casa. Leggere un libro è meglio di guardare una proiezione.

Giovanni Correddu

Racconto poliziesco

Di

Giovanni Correddu

Portogruaro

2000

Corgiov

"Ragazza trovata morta, in un bosco, teneva gli occhî in mano. Dall'autopsia, pareva che l'assassino glieli avesse tolto, quando era ancora viva".

"Ragazza trovata strangolata sul letto. L'assassino non ha lasciato impronte".

"Ancóra mistero sulle quindici ragazze assassinate sui monti delle Dolomiti".

"Il numero sembra salire a venticinque. La tecnica usata in Puglia per la venticinquesima è identica a quella delle Dolomiti".

"Le impronte dell'omicida non sono registrate da nessuna parte".

"Cinque in Puglia, una in Calabria e di nuovo sulle Dolomiti. ... Il mostro ritorna!".

"Un testimone avrebbe visto l'assassino poco dopo l'assassinio di Veronica, la 33^a".

"Davide de Amicis dichiara: 'Non ci capisco niente. Niente prove, nessuna testimonianza che comprovi. Il caso rischia di essere archiviato'. Il mostro è libero d'uccidere chi vuole. Chi sarà la prossima vittima?".

Questi sono solo alcuni titoli di giornale, che si sono visti negli ultimi mesi nella provincia di Belluno. Un criminale cammina libero per i monti, va in vacanza e continua a dilettarsi nell'omicidio, e sembra che nessuno intervenga. Il pericolo è in agguato. È un vero leone ruggente.

Un mostro: che cosa significa? È "chi si è macchiato di crimini crudeli [specialmente] a sfondo sessuale". Ancora, però, non è stato arrestato il mostro delle Dolomiti.[*]

Chi è? Da dove proviene? Per quale ragione si comporta così? È schizofrenico! È da ricoverare! Gli daranno qualche decina d'ergastoli; sempre se lo prenderanno.

Davide de Amicis sta facendo di tutto, da mesi ormai, per ghermirlo; ma inutilmente. Sembra una battaglia virtuale. Più gli si avvicina, e più gli scappa. Lui non muore e l'altro nemmeno. Uno scappa e si salva, ma l'altro perde sempre, vedendo persone finire la propria vita. Alla fine, il giocatore, de Amicis, imparerà il funzionamento del gioco. Ed egli lo finirà. Vincerà tutti i livelli, che sono decine d'omicidi.

De Amicis ha paura anche per Samantha, una sua collega molto bella. Ha paura perché teme che altri la corteggino prima di lui. Non ha tempo per dedicarsi a lei. Ciononostante, teme che il mostro possa toccarla. Allora, che fare per proteggerla? Per onestà, proteggere lei, significa proteggere tutte le donne ancora vive. Anche ora non ha la possibilità di trovare il tempo per lei. Forse è meglio dimenticarsi di lei, o lasciare stare fino a tempi più profittevoli. Lui è il capo, e, pure se cercherà di lavorare in coppia con lei, può parere che sia per amarla.

Mah! È meglio pensare all'omicida. C'è ancora tanto e troppo lavoro da fare. Egli potrebbe essere chiunque, forse una donna.

Un ragazzo ha dichiarato d'averlo visto, ma le foto segnaletiche non rivelano niente. Sembra un fantasma, anzi, un vero mostro che si fa vivo solo in un incubo. Bensì, questo sarebbe un sogno da incubo troppo lungo, da cui ci si dovrebbe già essere svegliati. Il mostro di fine livello è un essere inesistente che si vede, poiché è irreale.

Tanta confusione in testa per finire un livello, e poi si scopre che la realtà è simile. Nondimeno, ciò che si vede non è virtuale, è reale. La realtà è pericolosissima. È letale, omicida, ... mostruosa!

---

[*] Il nuovo Zingarelli minore, di Nicola Zingarelli SPA, Bologna.

È una mostruosità che l'uomo lasci libero d'uccidere un tal mostro. Si può fare qualcosa? Chi la può fare? Nel proseguimento lo sapremo.

Samantha Pisana è una brava poliziotta. Ama molto il lavoro per le vie: multare le auto parcheggiate sui divieti di sosta, autisti senza cinture di sicurezza, chi ha infranto la legge della strada. Non capisce perché sia stata spostata in ufficio, specialmente nei turni notturni. Si annoierà.

Ha chiesto a Davide de Amicis di essere ricevuta nel suo ufficio, per una spiegazione dettagliata. Egli sa che la questione è delicata. Si ricorda che, al tempo in cui era stata corteggiata da un collega, lei ha risposto che da una relazione si aspettava piena sincerità. Non voleva che niente si mettesse nel legame fra lei e lui. Lo lasciò, perché non fu sincero. Óra, Davide aveva il timore di riferirle la verità: per quale ragione la avesse spostata. Pronunciare la verità avrebbe potuto ferirla, offenderla.

Le rispose: "L'ho fatto per il suo bene".

"Bene? Per il mio bene? Sono una bambina, che ha bisogno del latte della mamma? Lei non è la mia mamma, né il mio papà. ..."

"Sono un suo superiore, e posso decidere quello che è il meglio per i miei uomini".

"Io sono una *donna*, e chiedo rispetto per la mia dignità".

"Samantha, rischia di perdere la sua dignità, se resta fuori, alle intemperie. Là c'è un mostro, libero ..."

"Chi mi dice che non sia lei il mostro. Forse, vuole prima violentarmi, facendomi lavorare di notte, e poi assassinarmi".

"No, voglio solo controllarti Samantha, amore mio".

E volò uno schiaffo. Ed egli disse: "Non sei così violenta, poiché, altrimenti, avresti utilizzato la tua pistola".

"Un attimo prima mi sta dando del *lei*, e, ora, del *tu*? Dov'è finito il rispetto per la dignità altrui?".

"Samantha, mi dispiace tanto per la mia condotta. Lo schiaffo ci voleva. Mi ha aperto gli occhi. Ora so che se voglio conquistarla, devo agire in un altro modo. ... Quale?".

"Nessuno, perché giammai mi convincerà".

"N'è tanto sicura?".

"Sì".

Scoppiò in lacrime. Scorgendolo, Samantha sostenne: "Un uomo che piange sinceramente, ha sentimenti. Io non sono più sicura se lei non riuscirà a convincermi. Intanto accetto il *tu*".

"Grazie!".

Iniziarono a corteggiarsi e, poi, a frequentarsi di notte e di giorno, secondo i turni. Lavorarono insieme al caso con, naturalmente, gli altri colleghi. Decisero di non essere mai soli. Desideravano sposarsi illibati, intonsi.

Siamo arrivati intorno alla cinquantesima vittima, quando è scoperto un uomo di trent'anni che scappa dal corpo della malcapitata di turno. Siamo forse arrivati a una svolta decisiva del caso. Lo arrestano e lo mettono in prigione.

Lo interrogherà qualche poliziotto non invitato al matrimonio del capo, Davide de Amicis, con Samantha Pisana. I novelli sposi decidono di fare un viaggio di nozze breve: una settimana.

Al ritorno, Davide lo interroga:

"Lei era là. Le sue impronte sono le stesse dell'arma usata e di un altro paio di casi. Si tratta di prove schiaccianti. In sua discolpa, ha qualcosa da aggiungere?".

"Sono innocente. Non le ho uccise io".

"Chi, allora? Le impronte parlano chiaramente".

"Non ho ucciso nessuna ragazza. Tre volte mi sono trovato vicino i loro corpi, ma non ne ho ammazzata nessuna".

Entra un poliziotto, che inizia a parlare: "Dall'esame tossicologico, lui non è né sieropositivo, né ha l'AIDS. È sano".

"L'uomo che si sta cercando, forse, ti vuole incastrare. È malato d'AIDS. Ti controlleremo. Forse, in realtà, sei un suo complice o vuoi incastrare un altro. Per ora, tu sei libero d'andare, ma non lasciare il paese".

"Un'altra ragazza morta. L'assassino è malato d'AIDS, forse terminale: ha lasciato troppe impronte!"

Le impronte sono quasi tutte del ragazzo fermato ventisette ragazze fa. Ricontrollano il suo sangue, e il DNA. Non è malato e i segni di violenza sulle donne morte appartengono al DNA di un uomo sulla quarantina diverso da lui. Mistero!

"Non resisto più. Cinque giorni fa l'ultima e definitiva è morta. L'assassino è in casa mia, rinchiuso nella stanza più fredda. Non resistevo più; dovevo parlare".

Davide va alla casa del trentenne, accompagnato da alcuni poliziotti, tra cui anche sua moglie. Tutte le stanze sono molto calde. Nessuna è fredda. Sembra che il trentenne li abbia presi in giro. Poi, gli occhi cadono sul frigorifero: il posto più fresco della casa. Niente. Nessun uomo. Il freezer sembra troppo piccolo. Un poliziotto, per far ridere, dice: "Apriamo anche il freezer, già che ci siamo".

Silenzio! ... Ancora silenzio con sgomento! ...

Davide si arrabbia, vedendo tanta carne a congelare, e colpisce il frigo. La "carne" casca a terra. Sua moglie la raccoglie, dichiarando: "Analizziamola, forse sarà buona da mangiare, anche se ha uno strano odore e sanguina ancora, e troppo".

Per Davide, la proposta è schifosa e dice che non si sarebbe mai aspettata una dichiarazione del genere da una donna, tanto più da sua moglie. Poi guarda la polpa e si accorge che è carne umana. Chiede subito a sua moglie di lavarsi le mani, per evitare di contrarre qualche malattia.

Analizzandola completamente il DNA della carne è del mostro. Sembra che siamo arrivati all'ultimo livello. Invece Davide de Amicis non ha fatto niente per vincere il mostro dell'ultimo livello. Ci ha pensato un ragazzo di trenta anni.

A volte, i videogiochi hanno veramente finali strani. Difficilmente, però, il videogioco finisce con l'espressione solita di una favola "… e vissero felici e contenti". Al contrario: "… e vinse felice e contento". Questo permette al programmatore di realizzare il seguito, la versione due, poi la tre, la quattro, ecc.

Anche quest'ultimo livello ha un seguito. Per avere toccato la carne del mostro, è nata una nuova creatura di fine livello. Samantha ha contratto la malattia del mostro, l'AIDS.

La versione due riguarderà alla vittoria su questo mostro di fine livello. Quando la scriverò? Tra qualche secolo, quando 'nessuno dirà: "Sono malato"'. Sì, allora anche "il malvagio non sarà più". Dio distruggerà tutti i mostri di fine livello e, in ultimo, quello alla fine del gioco, il Serpente, Satana il Diavolo. — Isaia 33:24; Salmo 37:10; Rivelazione (Apocalisse) 20:2, *Traduzione delle Sacre Scritture*.

IL RAPIMENTO DI MARIUCCIA

Il rapimento di Mariuccia — Racconto di una Suite

Introduzione

Alghero, agosto 1995.

Qui si racconta una storia immaginaria, idea pervenutami, mentre tornavo nella mia casa algherese.

Nell'estate 1995, è stata mossa tutta l'Italia dopo la strage sassarese di quei carabinieri assassinati, intanto che lavoravano, a Chilivani.

Dal nuorese spesso si odono notizie agghiaccianti che ci toccano.

Per questo voglio mettere per iscritto questa storia, vicenda che guarderà la Sardegna settentrionale, da Alghero al nuorese. Sempre quell'estate, la domanda sorta dopo quella strage era: la mafia è arrivata anche in Sardegna? I fatti dell'Italia Meridionale capiteranno ancora? O forse già stanno accadendo?

Io non risponderò, poiché la risposta è troppo personale e di non mia competenza.

Giovanni Correddu

Capitolo I

Mentre Gavino torna a casa ...

Mariuccia, ragazza sassarese dodicenne, è stata rapita a Sassari, poiché figlia di una famiglia molto ricca. I suoi rapitori, nuoresi, prima di andare in questa zona sarda di cattiva fama, hanno voluto passare per Alghero.

Intanto Gavino, che aveva quindici anni, mentre tornava a casa passando per Via 20 Settembre, una delle principali strade di Alghero, comprese che c'era qualcosa di strano in quella macchina parcheggiata, con una ragazza sola soletta. Mariuccia era stata lasciata nella macchina tutta sola, giacché i rapitori erano andati in banca (E io non dico quello che vi hanno combinato! ...). Con il finestrino chiuso in modo che chi stava fuori non la sentisse.

Gavino si avvicinò alla vettura e aprì la porta, prese in braccio la ragazza e fuggì. Dietro un angolo della strada, slegò la ragazza e, passando per scorciatoie, la volle portare a casa, dove avrebbe telefonato alla polizia.

I malfattori, uscendo dalla banca di corsa, dopo averla rapinata, entrarono in macchina. Si accorsero subito che mancava l'ostaggio. Subito essi trapelarono la città e, all'ultimo, videro Gavino che stava entrando in casa con la ragazza.

Uno dei rapitori si precipitò dietro la casa a controllare se c'era un retro, e vi entrò, giacché c'era. Un altro rapitore rimase di guardia in macchina; mentre un altro in aggiunta entrò nell'abitazione per l'entrata principale, un altro perlustrò la zona per accertarsi che non ci fossero agenti.

I due che erano entrati spruzzarono una polverina ai due ragazzi in modo che si addormentassero.

Subito portarono entrambi in ragazzi in macchina legati per bene.

Capitolo II

L'amaro risveglio

Qualche ora dopo, i due ragazzi si svegliarono e si ritrovarono entrambi legati in una grande stanza.

Gli occhi di Mariuccia dimostravano tristezza per aver messo nei guai anche Gavino. A questo punto si presentarono.

"Cerchiamo di slegarci", propose Gavino e, dopo mille tentativi, ci riuscirono.

Essi si avvicinarono alla porta che, per loro sorpresa, era aperta.

Era quasi mezzanotte. Non conoscendo il posto, andarono avanti a caso. Entrarono in un fitto bosco. Per non separarsi, visto che era quasi impossibile vedersi, si tennero per mano.

Erano stanchi, viste l'ora, la camminata e l'ansia. Perciò decisero di riposarsi. Tuttavia per evitare ogni pericolo salirono su un albero e, sedutisi vicini in modo da non cadere, si addormentarono.

L'indomani, verso le otto del mattino, Gavino si svegliò e vide Mariuccia che aveva appoggiato la propria testa sulle sue gambe, tenendo ben stretta la mano di Gavino sulla di lui guancia. Gavino, sorridendo, la lasciò dormire.

Capitolo III

Intanto i rapitori ...

Intanto in banditi erano andati a vedere come si sentivano i ragazzi, ma, poiché erano ubriachi, pensavano che stessero ancora dormendo, giacché non risposero né al loro arrivo né alle loro domande. E se ne andarono.

Tornarono nella loro tana, dove prepararono la prima lettera, che diceva:

Alla famiglia di Mariuccia,

Noi pensiamo di sapere dov'è vostra figlia, ma non abbiamo notizia se voi ne siate a conoscenza. Comunque unque, noi potremmo esservi utili nel ritrovarla; se ci ascolterete, forse riuscirete a riaverla. Come investigatori privati, abbiamo bisogno di una paga. All'indirizzo sopra citato, mandateci l'ammontare di un milione e mezzo subito, più mille migliaia e mezzo ogni mese. Abbiamo calcolato che sarebbe questa la spesa.

Non vi forniamo i nostri nomi d'investigatori privati perché siamo riservati.

Ossequî saluti

Gli investigatori privati di Mariuccia, vostra figlia

Il fatto che i banditi erano ubriachi, naturalmente, fu vantaggioso per Mariuccia e Gavino, già scesi dall'albero. E stavano sempre vicini, per non perdersi.

Capitolo IV

La famiglia di Mariuccia, quando ricevé la lettera, subito informò la polizia che mandò a controllare a quell'indirizzo, ma qui trovarono le Poste. Chiesero spiegazione e a ciò intervenne un impiegato che disse:

"Sì, stamani è venuta una persona affermando che aveva utilizzato l'indirizzo delle poste d'Alà dei Sardi per un'operazione molto segreta. Per questo abbiamo accettato. E ho ricevuto l'incarico di pensarci io".

"Avete sentito la notizia del rapimento della ragazza sassarese?".

"Sì, e anche quella di un altro ragazzo".

"Quale altro ragazzo?".

"Quello di Alghero. Non ha sentito anche lei la notizia? Forse perché se ne occuperà la polizia di Alghero".

"Probabilmente è così. In ogni caso, Alghero è più vicina a Sassari che ad Alà dei Sardi, perciò, mi domando come facciate a saperlo".

"È stato l'uomo che è venuto qua stamattina. E, in verità, mi aveva detto di non parlarne con nessuno".

"Grazie, ho saputo quello che dovevo conoscere. Questo è per la persona che si è presentata questa mattina".

Di conseguenza, la Polizia di Sassari, si mise in contatto con il commissariato di Alghero, ma nessuno sapeva del ragazzo; allora cominciarono le ricerche della famiglia del giovane.

Se le scuole fossero già iniziate, forse sarebbero stati aiutati maggiormente nella ricerca del ragazzo; ma, per non agitare la gente, non si annunciò niente a nessuno.

In ogni modo, nel giro di una settimana, due coniugi si presentarono in questura per denunciare la scomparsa del loro figlio. Dalla descrizione che essi dessero, si comprese che si trattava del ragazzo di cui era stato parlato allo sportello delle poste d'Alà dei Sardi.

Subito le forze di Polizia di Sassari e Alghero, ed anche d'Alà dei Sardi, formularono le prime ipotesi. I rapitori di Mariuccia e di Gavino erano gli stessi; oppure, trovando chi aveva rapito Mariuccia si sarebbe arrivati anche a Gavino.

Capitolo V

Ritorniamo ai due ragazzi

I rapitori sarebbero dovuti veramente diventare "*investigatori*", come dicevano loro.

Intanto dal bosco, che, come abbiamo capito, si trovava nella zona d'Alà dei Sardi, anche se i ragazzi non ne erano a conoscenza, una volta usciti, dovettero attraversa alcune montagne, i Monti dí Alà. Poi arrivarono in un paese in cui trovarono dei vecchi cui essi spiegarono cosa era loro successo e chiesero in quale luogo fossero. I vecchi risposero: "A Pattada".

Una famiglia li ospitò a cena e la notte. Poi il giorno successivo ripartirono e arrivarono, verso mezzanotte, a Ozzieri. Chiesero se potevano chiamare casa, ma a causa di un incendio che aveva colpito recentemente quella zona della Sardegna, telefonare, era impossibile.

Comunque, li ospitarono lo stesso, gratuitamente.

Capitolo VI

Il prezzo del riscatto

I banditi, nel frattempo, scrissero un'altra lettera, in cui chiedevano 1.620.000.000 £ per restituire Mariuccia alla famiglia. Seguirono altre lettere, ogni giorno, in cui c'erano minacce in cui affermavano che avrebbero fatto del male alla ragazza.

In tutte queste lettere, però, non parlarono mai di Gavino, perciò la polizia pensò che fossero stati commessi due rapimenti. Di conseguenza, la pubblica sicurezza d'Alghero si occupò di Gavino, la Polizia di Sassari di Mariuccia, ma sempre unitamente (in altre parole, se l'una avesse saputo notizie della restante persona, avrebbe avvertito la seconda forza d'ordine). E la polizia d'Alà dei Sardi si occupò di entrambi i casi.

Nell'ultima lettera, scrissero: "La prossima conterrà anche un orecchio di vostra figlia". Non ci furono più lettere, perché nel giro di una settimana scoprirono che Mariuccia e Gavino erano fuggiti. Quando andarono per tagliare l'orecchio di Mariuccia, per una volta non furono ebbri, e così si accorsero dell'accaduto.

Nello stesso giorno, la polizia d'Alà dei Sardi, aveva mandato due agenti alle Poste a chiedere notizie dell'uomo che si era presentato pochi dí prima affermando che stava compiendo un'operazione segretissima. E l'impiegato confermò che era tornato per ritirare la sua prima paga, e che poi si era ripresentato ogni giorno, per contro quel dì non era ancora arrivato. Allora i due agenti annunciarono che sarebbero rimasti ad aspettare.

Dopo un po' si presentò un uomo. Vedendo i due poliziotti, si avvicinò allo sportello di quell'impiegato e chiese se potevano parlare in privato. Nel momento in cui se ne andò, i due poliziotti si riavvicinarono all'impiegato, per chiedere se era quello l'uomo atteso. Ciò nondimeno l'impiegato rispose di no, anzi, sostenne che, poiché si era fatto tardi, infatti, era l'ora di chiusura degli sportelli, oramai per quel giorno non si sarebbe presentato. I due poliziotti, però, iniziarono ad avere qualche sospetto, e così lo seguirono. Ma, quando lo videro entrare in casa e restarci per un paio d'ore, e non percependo segno che poteva essere in compagnia di qualcun altro, essi se ne tornarono in caserma. L'impiegato, intanto telefonò in ufficio, chiedendo un mese di ferie, che furono concesse. Poi uscì da casa.

Capitolo VII

Mariuccia e Gavino sono ormai nel sassarese…

I due ragazzi avevano camminato parecchio; infatti, erano arrivati a Mores.

Intanto, però, i banditi erano partiti e passarono per Pattada, dove fecero credere d'essere degli investigatori privati. Furono informati che Mariuccia e Gavino erano passati di lì. E, grazie alle indicazioni che ricevettero poi a Ozzieri e nei posti successivi, nei quali si erano fermati i due ragazzi, i banditi arrivarono a Mores, proprio dove stavano i giovani.

Furono portati nel bar nel quale Mariuccia con Gavino era andata a telefonare a casa. I ragazzi, allora, scapparono fuori, ma Mariuccia fu afferrata e portata in macchina. Uno sparo colpì Gavino al braccio, quando si avvicinò alla macchina dei banditi; e scappò verso un poliziotto che aveva intravisto. Il poliziotto sparò alla ruota dell'auto, ma sbagliò la mira. Sparò nuovamente, questa volta mirando bene. Gavino si avvicinò all'auto. Nella fucilata l'autista aveva sbattuto la testa contro il vetro, morendo sul colpo. Uno sparo partì dalla pistola del bandito che teneva Mariuccia, che fu ferita. E Perse i sensi; un altro colpo, poi, colpì il poliziotto, che morì.

Gavino non si diede per vinto. Aprì la porta dell'automobile e afferrò Mariuccia, mettendo in pericolo la sua vita. Fu così svelto, che riuscì a non farsi colpire.

Nel frattempo, il barista del bar menzionato sopra aveva chiamato la Polizia di Sassari. Quando Gavino ritornò nel bar, si rifugiò nella toilette delle donne con Mariuccia.

Intanto, i banditi fecero irruzione nuovamente nel bar, ma, non vedendo i ragazzi, dopo aver distrutto il locale, fuggirono. Ciò nonostante, in quello arrivò la Polizia di Sassari. Non spiego la sparatoria che ne seguì. Dico soltanto che furono arrestati tutti i banditi che rimasero in vita: due.

Nel frattempo, ad Alà dei Sardi, la polizia era ritornata alle poste e, non avendo trovato l'impiegato, andarono a casa sua, che non fu rintracciato nemmeno qui; perciò, i sospetti ricaddero nuovamente su di lui. Infatti, i due banditi a salvarsi erano il loro capo e l'impiegato.

Nel frattempo, dentro il bagno entrarono dei poliziotti a prendere Gavino e Mariuccia perché fossero riportati a casa. Gavino, con il suo braccio sanguinante, stava curando la caviglia di Mariuccia, lo stesso sanguinante, ma meno dell'arto di Gavino. Furono entrambi portati in uno degli ospedali di Sassari, dove ricevettero le giuste cure. Subito arrivarono i genitori di Mariuccia e di Gavino.

La famiglia di Mariuccia designò Gavino come un *eroe*. Anzi, quando decise che, se era loro desiderio, si sarebbero potuti fidanzare, Gavino avrebbe ricordato che Mariuccia apparteneva a una famiglia ricca, mentre lui a una famiglia umile. Allora Mariuccia propose: "Quando avrà terminato le scuole, gli troveremo noi un lavoro nelle nostre proprietà, dove sarà ben salariato".

"Per me", aggiunse il padre, "ciò va bene; ma io affermerei che il denaro non è ciò che fa la felicità. Qualunque professione Gavino vorrà svolgere, che permetterebbe di sostenere la famiglia che formerebbe con Mariuccia, a me va bene".

Non dico la solita formula 'e vivono felici e contenti', anche se è stata scritta, poiché questa suite, pur essendo una storia immaginaria, è basata sulla realtà. E la realtà c'insegna che la vita non è piena di felicità e contentezza, come i sogni.

Continuate la storia ascoltando:

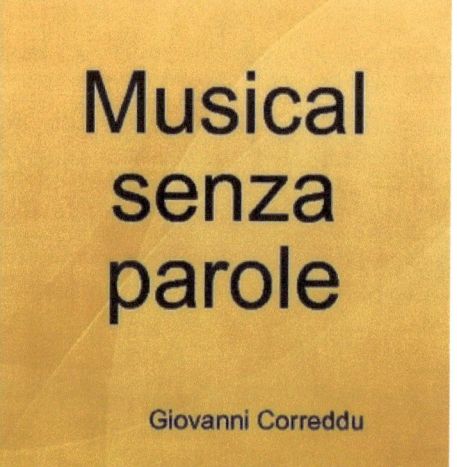

Questo CD contiene tre opere musicali:*Il rapimento di Mariuccia*, un balletto teatrale tratto dal racconto omonimo;*Valzer inverso*, un valzer in due tempi;*"House in Space"*, un balletto teatrale fantascientifico.

Il CD è disponibile al prezzo di 8.75 € più spese di spedizione al seguente indirizzo: http://www.lulu.com/product/cd/musical-senza-parole/12674471 (link veloce: www.lulu.com/corgiov).

Ogni storia ha un inizio. Il Musical di Giovanni Correddu

Laura e Filippo

CLAUDIO Mattioli, una persona ben in vista al suo paese, era in cerca della figlia Laura, giacché era scomparsa. A un certo punto udì gridare Filippo Mandelli, che lo stava aiutando nella ricerca. Subito gli andò in contro. Filippo aveva trovato laura ma, ahimè, stesa a terra.

"Deve essere morta!", esclamò il padre, e continuò, comandando a Filippo: "Che non si sappia in giro della sua morte. Alla gente si dovrà far credere che non l'abbiamo ancora trovata. Portala via, senza farti vedere, e seppelliscila. Non farti più vivo". E se ne andò.

Dopo di ciò, Filippo la prese in braccio e s'incamminò verso la sua macchina, assicurandosi di non essere visto da nessuno. Aveva fatto pochi passi quando ricevette uno schiaffo da Laura. Sì, non era morta!

Filippo, esterrefatto, esclamò: "Non sei morta! Sei viva!".

"Perché dovrei essere morta? E ora fammi scendere da te! Non sono più una bambina da dover essere presa in braccio".

"Ti domando perdono per averti spaventato…".

"Bella scusa!".

"Ti abbiamo cercato dappertutto, io e tuo padre, e, vedendoti a terra che tu non davi risposta, ti abbiamo creduto morta. Allora tuo padre mi ha comandato di portarti via e di non far sapere a nessuno di quella che noi eravamo sicuri che fosse la tua salma, mentre era il corpo di una ragazza vivente!".

"Spero che mio padre accetti che io sono ancora viva".

"Perché dici così?".

"Perché mio padre mi odia. Sperava di avere un figlio maschio, non un'unigenita, una femmina. Non mi ha mai amato, bensì mi ha sempre odiato. … Dimmi, mio padre ti ha chiesto che nessuno sapesse del fatto che io sarei dovuta essere morta, vero? ... Anzi, egli non si è assicurato se il mio cuore batteva realmente, se ne arrivavano gli impulsi ai polsi, e così via, vero?".

"È proprio come affermi tu, o quasi. Infatti, mi domando come può un padre odiare sua figlia sapendo che è suo sangue. ... Pur non avendola voluta".

"Tu stesso lo hai detto: io sono suo sangue. L'eredità sarebbe dovuta andare a un figlio maschio, l'"erede". ... Per questo non mi ha mai mostrato vero amore. Perciò si dovrà essere rallegrato alla notizia della mia morte, ma un quesito è probabile che gli sia rimasto". ... E fece una pausa, alla quale intervenne Filippo:

"Qual è questo quesito?".

"Va bene, te lo dico: 'Chi erediterà tutto il mio avere, giacché non ho eredi?'. Ecco ciò che deve essersi chiesto".

A questo punto voglio svelare una cosa che non ho detto, anzi, ci sarà rivelata proprio da Filippo.

"Ora ti dico io una cosa che penso che sia della massima importanza che tu sappia. Tuo padre, prima di lasciarmi, mi ha parlato, dicendo: 'Magari tu fossi stato mio figlio ...' ". Poi s'interruppe, e a ciò Laura intervenne, dicendo:

"E poi, Filippo, che ti ha detto?".

"Qualcosa che riguarda te, ma mi è sfuggito. Per questo non sono stato in grado di terminare la frase".

Così, parlando, arrivarono alla macchina di Filippo. A ciò Laura prese la parola.

"Affermano che 'tentare non nuoce'. Perciò, proviamo a cercare mio padre. Forse potrebbe anche accettarmi e ...".

"Cosa 'e ...' ?".

"E potrebbe volerti adottare". Arrossirono entrambi. "Perciò, aiutami".

"Farò del mio meglio. Te lo giuro!".

Così arrivarono a casa di Filippo, dove si rinfrescarono, poi ripartirono per andare all'abitazione di Claudio Mattioli.

Tuttavia strada facendo, incontrarono un traffico che sembrava immenso, causato da un incidente. Quando arrivarono al punto dell'incidente, Laura riconobbe l'auto — la quale era andata contro un platano — e il guidatore della vettura. Suo padre era morto!

Quel giorno qualcuno doveva essere trovato morto, cioè Claudio Mattioli.

La moglie di Mattioli era morta dando alla luce Laura. Conseguentemente Laura fu allevata dai genitori di Mattioli, perché questi era sempre impegnato nei suoi affari.

Due giorni dopo Mattioli fu sepolto. Passato il lutto, fu letto il testamento che aveva lasciato Mattioli. Esso diceva:

Lascio tutto in eredità a mia figlia Laura Mattioli. Chiedo perdóno per tutto l'odio che io ho mostrato a lei da che è nata. Glielo chiedo óra che sarò inconscio di tutto ciò che accade al mondo dei viventi, poiché nella tomba finalmente è finito tutto quanto il mio dolore per aver avuto una femmina per 'figlio'. Che dispiacere (Ad ognuno le sue)!

Laura, sappi gestire bene il di te possedimento. Non sperperarlo, in particolare con tuo marito, se mai ne avrai uno. Non ripetere i precisi errori miei, né tu né tuo marito.

Il mio ultimo saluto al mondo

Anche Filippo Mandelli era presente alla lettura del testamento. Laura volle ringraziarlo per tutto ciò che aveva fatto per lei, e poi aggiunse: "Avevi ragione, ... almeno in parte ... mio padre mi amava".

Laura firmò delle carte affinché tutta l'eredità divenisse sua.

Dopo una settimana, s'incontrò con Filippo, cui disse: "Devo parlarti di una cosa seria ..." Ma Filippo la interruppe, dicendo:

"Ciò che ho io da dirti è ancor più importante. Torna indietro nel tempo e pensa al giorno della morte di tuo padre. Allora, io ti riportai le parole di tuo padre, rivolte a me 'Magari tu fóssi stato mio figlio ...', che tuttavia non completai. A dire il vero, le avevo comprese perfettamente, solo che non mi sentivo di pronunciartele. Ora ascolta il seguito di ciò che mi disse e, poi, io presterò attenzione ciò che hai tu da dirmi. ... Tuo padre continuò, dicendomi: 'Se Laura fosse stata ancora in vita, per l'aiuto che tu mi hai dato, avrei concesso che divenisse tua sposa. Così avrei offerto a te l'eredità che spetterebbe, in realtà, a mia figlia'".

A ciò Laura rispose:

"Aveva sempre in mente il denaro e il fatto che ha avuto una figlia. ... Ti chiede perdono per questa mia risposta al riguardo, ma non potevo tacere. ... Ora ascoltami bene. Nel momento in cui quel giorno ti affermai che mio padre ti avrebbe potuto adottare, in realtà, io volevo dirti che speravo che egli decidesse di darmi in sposa a te".

Due mesi dopo Filippo e Laura Mandelli partirono in viaggio di nozze. In quanto a ciò che Laura aveva ereditato, essa fece sì che fosse gestito da suo marito. Poi con gli anni i suoi tre figli, ereditarono tutta la proprietà, che era stata divisa in tre parti diverse: la più grande al primogenito, circa la metà, e il resto agli altri due.

Pietro Sapori

Capitolo I

Introduzione

☐

È LA QUINTA ora del martedì: è quella di Matematica nella 2ª B. Martedì scorso l'insegnante aveva fatto svolgere un compito in classe. Oggi la professoressa è entrata in classe con un gran musone che già fa capire come sono andati i compiti. Infatti, essa iniziò un discorso nel quale disse che la classe aveva la media del 4. Su ventidue compiti, sedici erano quelli insufficienti, cinque appena sufficienti, mentre uno era da 8. Quale differenza, era dell'unico studente della 2ª B che riusciva a capire come risolvere gli esercizi con le frazioni: Sapori Pietro, che non aveva commesso neanche un errore.

Quello stesso giorno, nella medesima classe, la professoressa di Letteratura aveva consegnato il tema d'Italiano. Lo stesso ragazzo aveva scritto uno dei migliori temi, e aveva preso 7½. Aveva semplicemente parlato del suo musicista preferito: Pietro Sapori.

In ogni materia, Pietro, se non aveva sette, aveva otto. In musica aveva addirittura 9.

Capitolo II
Pietro Sapori

A dire il vero, egli era un musicista. Amava la musica "colta". Suonava la tastiera e altri strumenti, ma la cosa che meglio gli riusciva era comporre. A sedici anni aveva già composto quasi 300 musiche, fra cui alcuni concerti, delle sinfonie, una ventina di canzoni e perfino un'opera lirica, *Laura e Filippo*.

Egli era un autodidatta, perché non aveva mai avuto la possibilità di studiare Musica in un Conservatorio. In qualsiasi modo, aveva deciso d'andare alla SIAE (Società Italiana degli Autori e Editori) a portare le sue composizioni.

Capitolo III
La prima esperienza con il pubblico

Non è passato neanche un mese che gli arriva una lettera. L'ha scritta un famoso direttore d'orchestra — di cui non fornisco il nome — perché le sinfonie di Pietro saranno eseguite nella sua città.

Egli è contento di ciò. Allora decide d'uscire volontario in ogni materia così da avere più tempo a sua disposizione per assistere alle prove, affinché le esecuzioni delle proprie composizioni siano corrette. Per di più, quel musicista ha invitato Pietro a eseguire un paio delle sue sonate per pianoforte.

Le interrogazioni vanno tutte bene (in ciascuna prende 8), le prove musicali vanno bene, ma un quarto d'ora prima che il direttore salga sul palco a dirigere, scivola per terra e si rompe una gamba. Lo spettacolo dovrà essere rinviato o annullato del tutto?

Secondo Pietro no, "perché", spiega, "io ho seguito tutte le prove; ho imparato ogni passaggio delle sinfonie, anzi conosco la Musica a memoria, essendo stata scritta da me. Per la qual cosa, dirigerò io".

Terminato lo spettacolo, arrivano i giornalisti.

"Sapori, dove ha imparato a dirigere così perfettamente? Al Conservatorio?".

"No, non ho mai studiato al Conservatorio, ma semplicemente osservo i direttori d'orchestra, quando dirigono in televisione. Tutto qua".

Dopo varie domande, gli si fa una proposta molto importante:

"Sapori, lascia la scuola. Ti faremo studiare al Conservatorio gratuitamente e ti affideremo un'orchestra. Ci stai?".

"Ci penserò. Lasciatemi un po' di tempo per riflettere, anche con l'aiuto dei miei genitori".

Capitolo IV
La prima "fan"

Dopo avere terminato con le prime interviste, avendo così cominciato una carriera che avrebbe dato una grandissima fama, Pietro tornò al suo camerino, per cambiarsi e riposarsi un po' prima di tornare a casa.

Lungo il corridoio che l'avrebbe portato a tale stanza, non c'era nessuno. Di conseguenza, una ragazza che stava fra il pubblico, ne approfittò, per avvicinarsi a Pietro in un modo allettante. Subito gli disse:

"Sei eccessivamente affascinante. Sai, io sono una tua fan, una tua ammiratrice".

"Sei la mia prima fan …".

"Allora, fammi subito l'autografo".

"Mi dispiace, ma preferirei non concedere autografi".

In ogni caso, lei non avrebbe voluto soltanto un autografo, ma qualcosa di più …

A questo punto tirò fuori di una tasca un coltello molto tagliente, e minacciò Pietro, ciò nondimeno subito egli le

---

bloccò il braccio. Lei fece per scappare; bensì ancora la prese saldamente, e le disse:

"Non ti farò del male, né ti denuncerò, ma verrai nel mio camerino e lì, con calma, mi spiegherai perché hai agito così. Per un autografo …?".

"No, io lì dentro non ci vengo …".

"Mica voglio deflorarti".

A forza la portò dentro, e lì scoprì perché agì così.

Capitolo V
Un'ospite inattesa

Or ora entrarono, e vi trovarono dentro una ragazza: Tiziana Emiliani.

"Ciao! Siccome ti ho visto dirigere, avevo il cuore che traboccava d'emozione. Forse è accaduto perché noi siamo amici. … Dimmi, chi è questa ragazza?".

"Lo sai molto bene spiona", intervenne la ragazza. "Hai visto tutta la scena. Se tu non fossi uscita fuori, avrei potuto stregare questa nuova star".

"Modera i termini, perché nella Musica 'colta' non mi piace che un musicista sia denominato 'star', perché questo è troppo mondano e moderno, ed io sono un musicista 'colto'. Ora, invece che restare in piedi, accomodiamoci. Dimmi, come ti chiami?".

"Hai promesso che non mi denuncerai, vero?".

"Quel che è detto è detto".

"Io mi chiamo Silvana Schiaretti".

Dopo avere detto queste parole, la ragazza, di cui abbiamo appena appreso il nome, scoppiò in un pianto. Poi tirò nuovamente fuori il coltello. E fece per configgerselo al cuore, ma ancóra una volta l'abile mano del neo direttore arrestò il braccio, salvandola. Pertanto, le chiese:

"Per quale scopo vuoi toglierti la vita? Non capisci che ti abbiamo perdonato? Per quale ragione stavi per compiere quell'azione?".

"La mia vita è una schifezza. Ho cercato d'assassinarti, di sedurti, e …". Si bloccò.

"Vai avanti. Apriti. Non avere paura di noi. Ti vogliamo

aiutare. Vero, Tiziana?".

"Sì. Noi ti amiamo, e questo è il tempo dell'amore. Apri il tuo cuore".

"Con il temperino che mi avete sottratto, io dovrei proprio aprirmi. ... Con amarezza e tristezza vi dico che cosa ignominiosa ho praticato: sono incinta. Voglio abortire, prima che i miei familiari vengano a saperlo".

"No, non farlo! Alleva quel nascituro come tuo figlio ...".

"Mi fai tu da padre?".

"Desisti da queste proposte, Silvana! I tuoi genitori hanno il diritto di saperlo. Io sono disposto ad aiutarti. E penso che lo sia anche Tiziana. Óra torna a casa e dì loro che hai parlato con me dei tuoi problemi e che io ti aiuterò, quando ne saranno informati e ti avranno dato i giusti consiglî. Non perderti d'animo, c'è chi ti vuole aiutare. Ciao!".

Silvana se ne andò con un sorriso e con un umore confortato.

Tiziana uscì, perché Pietro doveva cambiarsi; perciò, usciamo anche noi e lasciamolo riposare.

Capitolo VI
Gli esami al Conservatorio

Pietro decise di lasciare la scuola, e accettò di studiare al Conservatorio come direttore. Per mantenersi gli studi avrebbe diretto la nuova orchestra della città, la Saporita.

Per la sua bravura, gli insegnanti del Conservatorio consigliarono di dare subito il primo esame. Egli accettò, ma con una singolarità. Imperocché, all'insaputa degli insegnanti, si presentò con tutta la storia della Musica e con tutta la teoria. In poche parole, i professori, dopo averlo salutato e avergli chiesto l'argomento su cui era meglio preparato, ripresero la favella solo per dirgli l'esito: il più alto dei voti.

Si decise subito che per la fine dello stesso mese avrebbe

fatto il secondo e ultimo esame, o meglio quello sulla pratica. Di fatto, ebbe il più alto dei volti; così, prima d'avere diciassette anni, era il ragazzo più giovane del mondo che si era diplomato in un Conservatorio, in maniera così rapida.

Com'è ben risaputo, in Italia periodicamente durante l'anno si compiono varie gare musicali (o, festival).
Visto il successo che stava ottenendo, Pietro fu invitato a una d'esse per accompagnare, con la sua orchestra, i cantanti che avrebbero partecipato.

Capitolo VII
Pietro partecipa a vari festival di musica

Pietro chiese a Tiziana se poteva andare con lui a Sanremo, facendosi credere la sua fidanzata, così da evitare altre scene come quella precedente.
Tiziana avrebbe dovuto lavorare nel camerino di Pietro come sua *manager*.
È da aggiungere che Pietro aveva una bella voce, impeccabile. Or dunque, fu invitato a partecipare a vari festival anche per cantare. Arrivava sempre primo. Ciò nondimeno, quando scoprì che la sua *falsa fidanzata* era una poetessa, disse:
"Non è bene che noi diciamo al mondo che siamo fidanzati, quando sappiamo che il fatto non è così. Perciò, fidanziamoci, a una condizione, però, che tu t'iscrivi alla SIAE, per registrare le tue poesie, registrandoti come scrittrice di testi; inoltre, le tue poesie dovranno servirmi nelle mie canzoni".
"Ogni cosa che dici, io farò. … Fidanzato con Pietro Sapori, il più grande musicista di tutti i tempi! … C'è un problema, però, come farò a pagare l'esame?".
"Non c'è nessun problema. Io guadagno abbastanza da permettermi questa spesa".
"Pierre, mon amour, merci beaucoup. Nel caso in cui tu vorrai, io ti scriverò canzoni anche in francese".
"Ottimo!".
Da quel momento, grazie ai testi di Tiziana, a ogni gara cui

partecipava, Pietro superava i suoi avversari nel punteggio abbastanza alto da poter essere il primo sempre, anche nelle *hit parade.*

Capitolo VIII
Ritorniamo alla prima "fan"

Torniamo indietro nel tempo, il giorno in cui Silvana Schiaretti uscì dal camerino di Pietro, dopo il primo di questi concerti. Lei ritornò a casa e parlò del suo problema con i propri genitori. Naturalmente fu rimproverata, anche perché non furono essi i primi a sapere ciò, ma degli *estranei.*

Non ostante ciò, la perdonarono e le diedero saggi consigli, cosicché portò la gravidanza a termine.

Pietro decise di fare una tournée, accompagnato dalla sua famiglia, dalla *Saporita* e da Tiziana, dedicata a Guido Schiaretti, figlio di Silvana.

Pietro fece entrare Silvana e famiglia a ogni concerto gratuitamente, così che anche lei potesse essere sempre presente.

Grazie a questa tournée, Tiziana divenne ancor più famosa, poiché cantava pure lei, nella maggioranza delle canzoni, accompagnando il suo *Pierre.*

Capitolo IX
Ricordi della gioventù non terminata

Pietro aveva lasciato gli studi ma Tiziana no; perché, oltre a cantare e scrivere testi e partecipare a tournée, lei non faceva quasi nient'altro.

L'istituto superiore che frequentava Pietro, organizzava annualmente degli incontri con le star musicali. Seppur con amara ammissione, per motivi già spiegati, anche Pietro era divenuto una star. Così, fu invitato in quella sede scolastica a esibirsi davanti ai suoi amici ed ex compagni di scuola.

Tiziana Emiliani, quasi in Sapori, oramai era divenuta parte essenziale dell'orchestra *Saporita,* perciò, anche se frequentava un istituto diverso, aveva cantato lo stesso.

Capitolo X
Una rivelazione infausta

"Corrono voci, Tiziana, che la tua star abbia molti amori nascosti", così dicevano gli amici a Tiziana. Erano in troppi a dirglielo. Non poteva essere mendace. Tiziana diede ascolto a quanto dicevano. La realtà a volte è controindicata. Qui così fu.[*]

In questo modo, tutti i pensieri su una vita futura, matrimoniale, con tanti figli *enfant prodige,* sembrava impossibile.

Tiziana andò da Pietro, adirata. Disse: "So tutto. Non mi vedrai più. Sarai il primo *vip* di cui non voglio sapere nulla".

"Per quale motivo, Tiziana?".

"*Boom*", fece la porta della casa di Pietro come fu chiusa da Tiziana.

"Per quale ragione? Che cosa le ho fatto? Io sono casto. Che cosa ho combinato? Non sono abbastanza intelligente da afferrare questa situazione. Ho forse dedicato troppo tempo alla musica e non sono riuscito a starle dietro? Ogni cosa che facevo, era sempre assieme a *Tiziana!* Ciò nonostante, perché, Tiziana, te ne sei andata via, così? Non mi assumerò più impegni per qualsiasi cosa, finché non avrò risolto il problema".

Che bravo ragazzo! Erano voci! "Si dice in giro …", proferivano a Tiziana, ma ciò non era vero.

---

[*] Scusate il gioco di parole che sa di filosofia, ma io ho voluto apposta confondervi le idee. Ripeto anche in questo caso: "La realtà … è controindicata". Capirete poi….

Ora Pietro uscì da casa e rincorse Tiziana finché poté, ma lei gridava: "Non avvicinarti a me! Non osare! Mascalzone, delinquente, *adultero*!".

Pietro il giorno successivo telefonò a Tiziana. Comunque questa, riconosciutolo, mise subito giù. Dopo un po' riprovò cambiando voce. Ecco la conversazione:

"Pronto? Parlo con la fidanzata di Pietro Sapori, Tiziana Emiliani?".

"Sì e No. Sono Tiziana Emiliani, ma non sono la fidanzata di Pietro Sapori e non so nemmeno chi è".

"Non faccia finta di saperlo, perché non può esser vero. So tutto ciò che è accaduto. È gravissimo! Bisogna fare qualcosa per quel ragazzo. Così giovane e ne ha già combinate tante. Lei, invece, è così seria che chiunque sarebbe invidiato sposando lei".

"Mi lusingano le sue parole. Venga a casa mia. Il mio indirizzo è [?].* A presto, anche per questo pomeriggio".

"D'accordo. Ah! Dimenticavo! Mi chiamo Michele".

Capitolo XI
L'attesa di Michele

Il pomeriggio Pietro si presentò a casa di Tiziana, la quale disse che stava aspettando un *altro*. Pietro disse: "Ah! Aspetti un altro. … Ecco perché non mi vuoi più".

"Io non ti voglio? Tutte le tue *donne,* Pietro, dove sono?".

"Quali '*donne*' ?".

"Le tue *amanti*!".

"*Le mie 'amanti'?* Quel ragazzo che stai aspettando, come dovrebbe essere chiamato?".

"Michele".

"Ipoteticamente questa mattina ti ha telefonato?".

"Sì, ma come fai a saperlo?".

"Gli ho detto io di telefonarti, per fissarmi un appuntamento con te, per fare pace".

---

* Naturalmente, non lo posso indicare.

"Lui, invece, ha detto che è innamorato di me".

"Allora, quando arriverà, gli darò una lezione. Intanto spiegami la storia delle 'donne', delle 'amanti' ".

"Mi hanno detto che le tue *fan* non sono altro che le tue amanti".

"Michele, mia cara dolce Tiziana ("chi più ne ha, più ne metta", di qualità), non esiste. Sono io *Michele* che tu attendevi. Ho inventato questa storia, perché ti amo, *ti adoro*". S*mack,* UN bacio volante accompagnato dal dito.

"Se è così, perdonami. Ho macchiato il tuo nome. Se vuoi perdonami. Se vuoi, facciamo pace. *Te adoro, Piero*".

"'Lo voglio'".[#]

Capitolo XII

Oramai sono maggiorenni …

"Sai, Tiziana, oramai noi siamo maggiorenni e tu hai terminato gli studi. Andiamo a scegliere la casa in cui ci trasferiremo, per vivervi da marito e moglie".

"Va bene. L'*immobile*, però, non basta. Ci vogliono pure i *mobili*".

"Andiamo a guardare anche quelli".

Così, finalmente, si sposano.

Passano tre anni; e bambini (gli *enfant prodige* di Tiziana) non sono ancora arrivati. La signora Sapori, allora, si preoccupa. Sarà forse sterile? Il tutto indica di No.[*] Ne parla con Pietro. Egli propose di parlarne con il loro medico di fiducia.

"Perché, signor Sapori, non compie qualche esame per sapere se non è infecondo?".

"Eh? Io … 'infecondo'? Non è possibile. … Proverò qualche analisi. … Sono sicuro che, tuttavia, sia a posto. … È vero: gli esami non terminano mai".

Dagli esami fu tutto normale. "Dovete semplicemente

[#] Citazione da Marco 1:41, *Traduzione delle Sacre Scritture.*

[*] "La consueta cosa delle donne" le funziona. — Genesi 31:35.

---

aspettare", consigliò il dottore.

'Fino a quando?', si domandava Tiziana.

"Oh che dolor …". Tiziana iniziò una poesia sul loro problema. Ciò nondimeno, non sapeva che cosa scrivere. Era tanto triste!

Passò un paio d'anni, e riprese in mano il suo scritto, sdraiata sul letto …

"mio Sapor.
Sei il mio *Saporino*,
Pierre ti vuol nominar
Dino, io Rino.
Vieni, ti do da mangiar dal mio seno.
Figlio mio Remo"

… di un ospedale!

Fine.

QUEL BOSCO È MALEDETTO

di Giovanni Correddu

Marco Pivelli ed alcuni dei suoi dipendenti hanno deciso di fare un picnic in un bosco. In realtà, doveva essere una scampagnata di lavoro. Perciò, le loro famiglie non erano invitate. I giorni seguenti, le mogli di questi lavoratori denunciarono la scomparsa dei mariti. E questo giacché, dopo quella gita, esse non li rividero più.

Due mesi dopo, un gruppo di studenti di 17-18 anni scomparve nello stesso bosco con i propri professori. Ancora una volta, non si seppe più niente di loro. Per questo fatto, le rispettive famiglie denunciarono l'accaduto.

Il commissario di polizia locale già da qualche tempo si stava preoccupando che fosse accadendo qualcosa in quel bosco, giacché persone che vivevano lì, avevano denunciato strani rumori provenienti da sottoterra. Il timore era che forse stava per avvenire un terremoto. Poi, scomparve pure il gruppo d'esperti nel campo dei movimenti tellurici che andò a fare i controlli. Un altro gruppo scoprì che anche i denuncianti erano scomparsi. Per fortuna, a questo gruppo non accadde nulla, ma esso sentì che sottoterra stava avvenendo qualcosa di strano. Presero dei campioni di terra, per un'analisi approfondita.

Antonio Borlotto era un bravo agente di polizia, ma non abbastanza esperto. La sua età si aggirava intorno ai trentacinque anni. In conseguenza di ciò, dovette chiedere aiuto a un sismologo.

Quando egli era piccolo, nessuno avrebbe ipotizzato che sarebbe diventato poliziotto. Infatti, giocando a "Guardie e ladri", egli faceva sempre il ladro. Ogni tanto, ai suoi compagni di classe delle elementari e delle medie, mancavano i propri materiali da cancelleria, mentre a lui non accadeva proprio mai. Addirittura, cresciuto, se stava in compagnia dei suoi compagni delle scuole superiori, si drogava e, per pagare la droga, rubava; inoltre, a volte si ubriacava. Poi, a vent'anni partì militare. Provando la dura vita della naia, egli comprese che la sua esistenza non aveva uno scopo; per questo motivo, decise che avrebbe lavorato per la giustizia, come poliziotto, almeno finché non avesse trovato la meta della (sua) vita.

Vista la sua vita passata però cambiare non è facile. Rivestirsi di una nuova personalità, non era semplice. Per esempio, egli, cercando di risolvere un caso, un giorno, stava per assassinare la persona sbagliata, che credeva un'assassina. La fidanzata di questo ragazzo, di nome Lucia, lo aiutò a ragionare e a imparare che aveva bisogno di prove, non del suo giudizio, del proprio punto di vista, che è umano e imperfetto. Gli spiegò: "Lorenzo stava con me in comune per le tratte del matrimonio. Non vorrà mica che un ragazzo timorato di Dio e ligio nell'ubbidire alle leggi dello Stato, possa diventare un assassino in quattro e quattr'otto? Pensa che possa raddoppiarsi e stare in due posti diversi? Chieda in Comune se ciò è vero.

"Noi, siamo arrivati pochi minuti dopo l'assassinio di questo poveretto. Lorenzo, avendo visto questa persona per terra, compassionevolmente, ha voluto guardare se poteva essere salvata. Stava spostando la pistola con una sua mano, quando siete arrivati voi … ". Poi, lei continüò il discorso per difendere il fidanzato, persuadendo il poliziotto. Egli comprese che doveva trovare il vero assassino, ma cercando gli indizi e le prove. Da quel giorno si prefissò questo come meta per risolvere i casi affidatigli. Dopo, decise di studiare sodo per diventare commissario di polizia, in modo da risolvere i casi più difficili e pericolosi, dedicando la sua vita alla giustizia.

Da ultimo, doveva affrontare un caso veramente difficile e pericoloso. Ciò nondimeno, non sapeva da dove incominciare. Comunque, decise di provare ad appellare un esperto sismologo, il dottor Ivano Stivassi di fama internazionale. Questo accettò di collaborare, finché non scomparve svolgendo le sue ricerche nel bosco. Così, Antonio Borlotto non sapeva più che pesci pigliare.

Ciò nonostante, pensò d'andare lui a controllare il bosco, personalmente. D'altronde, questo era il modo migliore per immolare la propria vita per la giustizia. Arrivò sul posto con un cane lupo ben addestrato, senza aiutanti. Non subì nessun danno.

Decise d'entrare nell'unico locale ancora abitato. Era un ristorante, in cui più nessuno andava a mangiare, perché non si fidava più nessuno a entrare nel bosco. Antonio pensò che la chiave di questa storia fosse là, perciò egli decise d'entrarvi. Lasciò il cane in un posto che non avrebbe dato nell'occhio, ma avanzò da solo. Quasi subito, udì i passi di una persona. Dal vetro della porta scorse che la persona, una donna, era armata. Allora, entrò in un bagno. Anche la donna entrò, ma in quello di fianco.

Antonio prese in mano la propria pistola, dopo aver tirato un fischio cosicché il cane salì immediatamente. La donna si accorse dell'accaduto e si rivestì velocemente. Meno male che è una storia e che io non ero lì, altrimenti sarei morto asfissiato! Il cane le tolse subito la pistola di bocca. E lei gridò: "È arrivato il mio turno? È venuto a prendere anche me?".

"Forse. Mi dica, per quale ragione lei non è ancora scomparsa? È l'unica persona di questo bosco ancora presente. ..."

"Non è vero. Agnese, vieni qua".

Era una ragazza stupenda sui ventidue anni. Per Antonio fu amore a prima vista. "Ecco, può portarci via con sé".

"Sì, io e il mio cane vi porteremo in un posto diverso, più sicuro di questo. Io sono il commissario Antonio Borlotto".

"'Commissario ...".

"Sì, *commissario di polizia*".

La donna, che aveva forse quaranta o più anni di lui, s'innamorò d'Antonio. Accettò d'andare con lui, ma la ragazza rispose che loro avevano deciso di continuare a vivere in quel ristorante, anche se erano le ultime due donne esistenti. Egli lasciò il cane di guardia e promise che avrebbe mandato "personale" per proteggerle.

Dopodiché ritornò al commissariato. Lì, lo attendevano i sismologi che si erano salvati. Chiese i risultati delle analisi. Rivelavano che su quel terreno c'erano alcune rocce combustibili liquide, in altre parole, l'*oro nero*, il petrolio. Egli ipotizzò che, forse, qualcuno aveva scoperto un giacimento petrolifero sotto quel terreno e che non volesse che fosse rivelato a nessuno. Per la qualcosa aveva deciso che avrebbe eliminato chiunque vi passava sopra. Risolse che avrebbe fatto da cavia, andando nel bosco e rischiando la sua vita. Lo accompagnarono altri poliziotti. Sperava che non divenisse l'ultima missione, poiché ne aveva già un'altra: convincere Agnese a sposarlo.

Il gruppo arrivò nel bosco. Qualcuno si accorse che per terra c'era il cappello d'Ivano Stivassi. Si avvicinò e cadde in una botola. Tutti si svegliarono dopo parecchio tempo. Erano senza divisa. Attorno c'era parecchia gente. Ecco dov'erano tutti! Antonio cercò subito Stivassi. Era vestito di giacca e cravatta, mentre al momento della scomparsa aveva un vestito più adatto a sporcarsi di terra. Stava in compagnia d'altri omini abbigliati come lui. Mah! Chissà!

Tutta la gente era sporca, tranne quel gruppo. Eh sì, siamo arrivati all'epilogo del giallo, forse. In che modo si potevano arrestare quei banditi? In quale modo si poteva uscire da lì? Quanto si poteva restare incolumi?

Nessun poliziotto era armato. Li costrinsero a mettere le catene e iniziare a scavare. In ogni caso non fecero in tempo: sulla testa di Stivassi, il quale stava esattamente sotto la botola, cadde il cane, così che esso non si fece niente, mentre l'uomo morì immediatamente. In pochi istanti si riprese e, al segnale di Borlotto, saltò addosso agli altri uomini. I poliziotti utilizzarono le catene come manette. Si fecero accompagnare in superficie dagli arrestati e così liberarono gente che per mesi era stata creduta morta. Finalmente liberi! Certamente essi pensarono a questo. Poterono riabbracciare le rispettive famiglie!

È una storia confusa? Indubbiamente, essendo un giallo! Quegli individui meschini rapivano tutte le persone che passavano per tal bosco, per essere sfruttate e per scavare, invece che usare ogni macchinario che ci vuole per prendere il petrolio.

Antonio, risolto il caso del bosco maledetto, ne aveva un altro, quello d'Agnese. Andò al ristorante per chiederne la mano alla madre. Questa non appena lo vide, gli saltò addosso, chiedendogli se voleva adottare Agnese; ma, Antonio rispose che preferiva sposarla. La signora Amanda, di cui finalmente veniamo a conoscere il nome, amaramente, rispose che prima si doveva interpellare il gusto d'Agnese. Questa era in compagnia d'Angelo, il ragazzo di cui era innamorata; invece, Angelo aveva conosciuto una giovane insegnante nella cava del petrolio. Quest'insegnante, al contrario, stava per sposarsi. Spero che lo sposo promesso di questa professoressa non l'abbia tradito con un'altra, credendo d'essere rimasto vedovo prematuramente. E se questa presunta amante fosse già sposata? Povero il marito! ...

In ogni caso il fatto del petrolio per Antonio Borlotto è andato bene. Almeno questo! Forse resterà ancora scapolo. Piacenza! Ehi, scusate, pazienza. È come amarsi a *Vicenza* piuttosto che a *vicenda*. Forse sono argomentazioni che rivelano un tipo di mente distorta, e che quindi non v'interesseranno. Di conseguenza, lasciamo stare.

Ah! Dimenticavo. Sapete perché quelle due donne non volevano lasciare il bosco e il loro ristorante? Innanzi tutto vi avverto che hanno potuto riaprire il ristorante, e, visto che da generazioni il bosco apparteneva alla loro famiglia, la gente è ansiosa di visitare la selva maledetta. Così, si arricchirono grazie a quel petrolio, le due donne. Sì!

Volete sapere in quale luogo si trova quel bosco? Vorreste andarlo a visitare? Vorreste assaggiare le specialità del ristorante del bosco maledetto? Mi dispiace, ma è la mia mente distorta che ha avuto il coraggio di sognare questo giallo la notte. Provatelo a sognare. Magari lo visiterete. Forse farete nuove scoperte in quel bosco. Buon viaggio!

No, non preoccupatevi la storia non è ancora finita. Ho ancora spazio nell'hard disk e nella pagina. Non è vero che Antonio Borlotto ha voluto dedicare la sua vita alla giustizia? Ora, s'è dedicato a un'altra causa ancora più nobile, la Giustizia divina. D'altronde, Dio è il Giudice di tutta la terra. "Non farà il Giudice di tutta la terra ciò che è giusto?". Sì, è meglio dedicarsi a Lui, che a qualche cosa che passerà. — Genesi 18:25, *Traduzione delle Sacre Scritture*.

Ciao, da Giovanni Correddu

Ciao, da Giovanni Correddu

www.ingramcontent.com/pod-product-compliance
Lightning Source LLC
Chambersburg PA
CBHW041410010726
47507CB00001B/70